Gudrun Heller

Inside
Stalking

Eine Erzählung

© 2016 Gudrun Heller
Alle Rechte vorbehalten.

Herstellung und Verlag:
BoD - Books on Demand, Norderstedt

ISBN 9 783739 219240

„Im Namen des Volkes ergeht folgendes Urteil:"

Der Richter hatte sich von seinem Platz erhoben, zusammen mit allen anderen im Gerichtssaal. Automatisch war auch Maria mit aufgestanden.

„Die Angeklagte Maria Lungkwitz wird wegen Nachstellung gemäß §238 Absatz 1 Strafgesetzbuch zu einer Freiheitsstrafe von einem halben Jahr verurteilt. Die Strafe wird zur Bewährung unter der Voraussetzung ausgesetzt, dass die Verurteilte 150 Sozialstunden leistet. Außerdem wird der Verurteilten bis auf weiteres auferlegt, zum Kläger und seinem Haus einen Mindestabstand von 50 Metern einzuhalten. Bei Verstoß gegen einer der Auflagen kann die Bewährungsstrafe jederzeit in eine Haftstrafe abgeändert werden."

Der Richter setzte sich wieder und hob zur Begründung an.
Doch Maria hörte ihm schon gar nicht mehr zu.
Sie, verurteilt?
Niemals, auch nicht für eine Sekunde, hatte sie daran gezweifelt, dass dieser Prozess mit einem Freispruch für sie enden würde. Auch nicht, als ihre Anwältin sie vorsichtig darauf vorbereiten wollte, dass ihr Taten wahrscheinlich einen Straftatbestand erfüllten.
Sie konnte es einfach nicht glauben.

Sie sollte sich strafbar gemacht haben? Nur weil sie um ihre Beziehung gekämpft hatte? Ihr Verhalten war doch nur die logische Konsequenz seines Verhaltens, seines *Fehl*verhaltens.

War es etwa in Ordnung, eine glückliche Beziehung plötzlich und grundlos aufzugeben? Den anderen brutal ins Nichts zu stoßen?

Warum beschäftigte sich das Gericht nicht mit seinem Verhalten, mit seiner Rücksichtslosigkeit? Ihr war, als würden hier Ursache und Wirkung miteinander vertauscht.

Der eigentliche Täter saß doch auf der anderen Seite des Gerichtssaals.

Ihr Blick wanderte zu ihm.

Als sie sein zufriedenes Lächeln sah, spürte sie wieder dieselbe kalte Wut in sich hochsteigen, die sie schon seit langem begleitete.

Und ihre Erinnerung führte sie zurück zu jenem schicksalhaften Sonntag vor drei Jahren.

**

Sie saß im Café Altmann, gedankenverloren vor einer Tasse Cappuccino.

„Entschuldigen Sie bitte, ist der Platz noch frei?"

Sie blickte auf und sah in zwei warme braune Augen in einem schmal geschnittenen Männergesicht.

„Ja, bitte."

„Da bin ich aber froh, es ist nämlich sonst alles besetzt", meinte er wie zur Entschuldigung.

Sie sah sich kurz im Café um. Er hatte Recht, der Platz ihr gegenüber war wirklich der letzte Freie gewesen. Es war verkaufsoffener Sonntag, und die Stadt platzte aus allen Nähten und dementsprechend auch alle Cafés oder Bistros, in denen abgehetzte Menschen ein bisschen Erholung suchten.

„Das ist an jedem dieser Sonntage so", sagte sie und fragte, mit einem Blick auf seine verschiedenen Taschen und Tüten: „Hat sich der Stress wenigstens gelohnt?"

„Na ja, alles habe ich natürlich nicht bekommen, aber wenigstens die Sachen, die ich für meine Eltern und einen Freund von mir besorgen sollte", meinte er.

„Und Sie?"

„Och, ich muss nicht so viel einkaufen. - Ich muss glücklicherweise niemanden versorgen", erwiderte sie.

Aufmerksam sah er sie an.

Es war einer jener seltsamen Blicke, die die Kraft haben, durch die Oberfläche hindurch zu dringen, ob man das nun will oder nicht, und sie verspürte den dringenden Wunsch, das zu verhindern.

Sie dreht ihren Kopf von ihm weg zum Fenster.

„Sie leben allein?", hörte sie ihn fragen.

„Ich wüsste nicht, dass Sie das etwas angeht", antwortete sie schärfer als eigentlich beabsichtigt, nun wieder Auge in Auge mit ihm.

„Nein, natürlich nicht, entschuldigen Sie bitte."

Die Kellnerin brachte ihm die Tasse Milchkaffee, die er sich bestellt hatte, und er vertiefte sich in ein Stück Zeitung, das er aus einer seiner Taschen gekramt hatte.

Es entstand ein Schweigen zwischen ihnen, das sie als unangenehm empfand, obwohl er ja eigentlich ein Fremder für sie war und sie sich normalerweise nicht mit Fremden unterhielt.

„Tut mir leid, ich wollte sie nicht angreifen", hörte sie sich sagen, „aber ich lass mich halt nicht gerne ausfragen."

„Kein Problem, das ist schon in Ordnung", lächelte er. „Schließlich kennen wir uns ja gar nicht und ich würde vielleicht genauso reagieren, wenn ich das Gefühl hätte, jemand wollte in meine Privatsphäre eindringen."

„Vielleicht hätten Sie ja Lust, mich kennenzulernen", hörte sie sich sagen und im gleichen Moment stockte ihr der Atem.

Die Worte waren ihr einfach so heraus gerutscht. Es war ganz und gar nicht ihre Art, mit fremden

Männern ein Date zu vereinbaren.

Hätte er jetzt erstaunt eine Augenbraue gehoben oder gar gelacht, sie wäre sofort aufgestanden und aus dem Café gelaufen.

Aber er verhielt sich so, als hätte sie ihm gerade die normalste Frage der Welt gestellt.

„Ja, warum nicht", meinte er. „Ich wollte heute Abend ins „Erdmann´s", eine kleine Kneipe hier gleich um die Ecke. Da gibt es Live-Musik. Wenn Sie Lust haben, schauen Sie doch einfach vorbei."

Sie nickte stumm.

Sie wusste nicht mehr, was sie sagen sollte und hatte nur noch den Wunsch, die Situation schnellstmöglich zu beenden.

„Ich muss dann mal wieder", meinte sie, winkte die Kellnerin zu sich heran, bezahlte und verließ hastig das Café. Sie spürte seinen Blick in ihrem Rücken, zwang sich aber, sich nicht noch einmal umzudrehen.

Bloß weg hier.

**

Sie kannte das Café Erdmann schon seit vielen Jahren. Obwohl es Café hieß, würde die Bezeichnung Kneipe oder zumindest Bistro besser passen. Der Laden öffnete meist erst gegen 18 Uhr und in regelmäßigen Abständen gab es Veranstaltungen von Kleinkünstlern oder Musikern, deren Namen niemand außerhalb der Stadtgrenzen kannte.

Heute Abend also Live-Musik.

Bis zum Veranstaltungsbeginn war es noch eine Stunde Zeit, trotzdem war das Erdmann´s schon gut gefüllt. Langsam arbeitete sie sich durch das Gedränge hindurch, bis sie ihn an einem Tisch halb links von der Bühne entdeckte. Sie wollte schon zu ihm herüberwinken, als sie bemerkte, dass er nicht allein hier war. Zwei augenscheinlich mit ihm befreundete Pärchen saßen bei ihm.

Sie ärgerte sich über sich selbst. Was hatte sie erwartet? Dass er extra wegen ihr diesen Treffpunkt vereinbart hatte?
Sie wollte sich gerade umdrehen, um die Kneipe zu verlassen, als er sie entdeckte und zu sich herüberwinkte.
Sie seufzte. Nun war es wohl zu spät, den Rückweg anzutreten. Aber vielleicht wurde es ja trotzdem noch ein ganz unterhaltsamer Abend.

„Das ist ja schön, dass Sie es hierher geschafft haben", begrüßte er sie freundlich und nannte ihr die Namen der anderen vier am Tisch, die sie aber sogleich wieder vergaß. Sie hatte eh ein schlechtes Namensgedächtnis und wofür sollte sie sich Namen merken, die maximal für einen Abend ein kleines bisschen Bedeutung hatten.

„Wie war noch mal Ihr Name?", fragte er sie so leise, dass die anderen es nicht hören konnten.

Sie runzelte kurz die Stirn, aber dann erinnerte sie sich, dass Sie sich heute Nachmittag nicht einander vorgestellt hatten. Und wahrscheinlich wollte er die anderen nicht wissen lassen, dass sie sich eigentlich noch so gut wie gar nicht kannten.

„Maria", flüsterte sie zurück, „Maria Lungkwitz."

Er nickte nur leicht. „Ich heiße Mario. Mario Günther."

Und wieder laut zu den anderen: „Und das hier ist Maria."

„Maria und Mario", flötete direkt eine der Frauen, „na, wenn das nicht zusammen passt."

Ehe sich noch die Gelegenheit ergab, die an dieser Stelle üblichen Fragen zu stellen wie „Wie habt ihr euch denn kennengelernt?", startete glücklicherweise die Live-Musik.

Und sie war gar nicht so übel, Deutschrock mit einigermaßen akzeptablen Texten.

Als die Band die Bühne verließ und Musik aus der Konserve ertönte, reichte er ihr die Hand.

„Na, wie wär´s?", lächelte er sie verschmitzt an.

Einige Leute hatten bereits die Initiative ergriffen und den Platz vor der Bühne in eine Tanzfläche verwandelt.

Mario zog sie in die Mitte der Menge und tanzte ausgelassen zu Musik aus den 80ern. Das war auch die Musik, die ihr gefiel und schon bald kam sie ins Schwitzen. Dann ertönte plötzlich ein langsamer Blues und er zog sie ganz dicht zu sich heran. Sie spürte seine Hände auf ihrer Taille, spürte seine Bewegungen mit jeder Faser ihres Körpers.

Und sie genoss es.

Er lächelte sie an.

„Ich glaube, es ist besser, wenn wir jetzt gehen. – Kommst Du noch mit zu mir?"

Sie nickte stumm.

Er ging gar nicht mehr zu den anderen an den Tisch zurück, um sich zu verabschieden, sondern winkte ihnen nur jovial zu.

„Na, dann noch viel Spaß, ihr zwei!", rief ihnen einer der Männer hinterher.

„Ich wohne hier gleich um die Ecke", meinte Mario nur und legte ihr den Arm um die Schultern. Eng umschlungen gingen sie zu einem mehrgeschossigen Mietshaus, das schon seit längerer Zeit keinen neuen Anstrich mehr gesehen hatte. Die graue Verfärbung des hellen Anstrichs war typisch für die Häuser im Innenstadtbereich, die täglich Unmengen von Autoabgasen ausgesetzt waren.

Schweigend stiegen sie die Treppe hoch. Seine Wohnung lag im zweiten Stock. Als sie ihre Jacke an der Garderobe aufgehängt hatte und sich wieder umdrehte, stand er ganz dicht vor ihr. Sie spürte die Wärme seiner Augen in ihren Körper fließen und diesmal wendete sie sich nicht ab. Er umfasste sie ganz leicht und sie wiegten sich im Takt einer Melodie, die nur in ihren Köpfen spielte. Wie zufällig berührten seine Lippen ihren Mund, schienen ihr eine Frage zu stellen.

„Ja, ja, ja, ich will", schrie es in ihr, während sie vorsichtig seinen Kuss erwiderte und kurz darauf seine Zunge in ihrem Mund spürte, wild und fordernd.

Sie sahen zu, dass sie so schnell wie möglich ihre Kleidung los wurden, und bald darauf hatte sie das Gefühl, das Streicheln seiner Hände überall auf ihrem Körper zu spüren. Sie konnte nicht genug von ihm bekommen, wollte ihn ganz tief in sich spüren. Ihre Körper bewegten sich im Rhythmus des uralten Tanzes aus Begierde und Verlangen, der ihnen mit seinem immer schneller werdenden Tempo den Atem raubte, sie zu Spielbällen archaischer Kräfte werden ließ, die nicht eher von ihnen abließen, bis sie schweißüberströmt unter ihnen zusammenbrachen.

Es war so wunderbar. Noch nie hatte jemand solche Gefühle in ihr ausgelöst.

Sie konnte sich nicht aus seiner Umarmung lösen, und noch einmal tobten sie wild durch die Nacht, bis sie beide erschöpft einschliefen.

Als sie am anderen Morgen aufwachte, war er schon weg. Auf den Küchentisch hatte er einen Zettel gelegt.

„Ich hab´ heute leider Frühdienst. Guten Appetit!", stand da.

Sie sah auf den gedeckten Tisch mit Brötchen, Ei, Kaffee in einer Thermoskanne, Butter, Marmelade und – Nutella.

Sie grinste.

War er genauso ein Schokofan wie sie?

Sie ließ sich Zeit mit dem Frühstück, ließ den vorigen Abend und die Nacht noch einmal Revue passieren.

Sie war so glücklich.

Sollte sie tatsächlich endlich den viel beschworenen „Richtigen" gefunden haben?

Sie konnte es kaum erwarten, ihn wieder zu sehen. Da fiel ihr ein, dass sie ja noch gar keine Telefonnummern ausgetauscht hatten. Sie nahm einen Zettel aus dem Regal und schrieb ihre Handy-Nummer auf, legte ihn gut sichtbar auf den Küchentisch.

Nun bräuchte sie nur noch seine Nummer, falls er ihren Zettel vielleicht nicht las oder er verloren ging...

Sie sah sich in der Wohnung um. Im Regal stand der Festnetzapparat, auf den er seine Nummern notiert hatte. Und auf dem Wohnzimmertisch lag sein Handy.
Vergessen? Oder nahm er es grundsätzlich nicht mit?
Egal, jetzt war sie jedenfalls im Besitz beider Nummern, denn er hatte noch nicht einmal einen Sicherheitscode für sein Mobiltelefon eingegeben.

Gleich heute Nachmittag würde sie ihn anrufen.

**

Er war ihr zuvor gekommen.
„Na, wie hat Dir das Frühstück geschmeckt?", hörte sie ihn am Telefon sagen.
„Ganz ausgezeichnet, vor allem der schokoladige Teil", meinte sie.
„Du bist also auch ein Schokoholic?", lachte er.
„Das lässt sich wohl jetzt nicht mehr verheimlichen", flachste sie zurück.
Eine Weile plauderten sie noch über unwichtiges Zeug und sie spürte in sich Angst aufsteigen, als sie

ihm die Frage stellte, die ihr schon die ganze Zeit auf dem Herzen lag.

„Sehen wir uns wieder?"

Was so viel bedeutete, wie: Bist Du an einer Beziehung mit mir interessiert oder war ich für Dich nur ein One-Night-Stand?

„Ja, sicher, komm doch gleich vorbei."

Sie lächelte erleichtert.

„So schnell geht es leider nicht. Ich arbeite noch bis 17 Uhr. Aber dann komme ich direkt zu Dir, okay?"

Sie hörte seine Enttäuschung am Telefon.

„Das sind noch über fünf Stunden. Wie soll ich das denn aushalten?"

„Träum einfach von gestern", meinte sie und legte auf.

Als er ihr die Tür öffnete, hatte er nur ein Paar Shorts an und der Anblick von so viel seiner nackten Haut machte jedes weitere Wort überflüssig. Sie wiederholten den Zauber der vergangenen Nacht, bis der Hunger sie dazu brachte, sich anzuziehen und in die Pizzeria um die Ecke essen zu gehen.

„Ich bin so froh, Dich kennengelernt zu haben", meinte er. „Ich kann mich nicht erinnern, dass ich mich jemals so heftig in jemanden verliebt habe."

Sie lächelte glücklich.

„Ja, mir geht es genauso."

Sie schienen wie füreinander geschaffen zu sein. Seine lebhafte, stürmische Art glich ihr ruhiges, zurückhaltendes Wesen aus. Sie konnten über die gleichen Sachen lachen, hatten einen ähnlichen Musikgeschmack, ähnliche Freizeitinteressen – es dauerte nicht lange, bis sie bei ihm einzog.

Zwar hatte er als Krankenpfleger Wechselschicht und sie als Bürokauffrau einen geregelten Job mit Arbeitszeiten von 8 bis 17 Uhr, aber wenn er nicht gerade erst mittags anfangen musste zu arbeiten, sahen sie sich am Tag lange genug.

Sie hatten ein wunderbares Jahr zusammen. Sie kannte seine Seele so gut wie er ihre, sie waren sich so nah, dass sie meinte, es könnte niemals enden.

Immer mehr war er zum Mittelpunkt ihres Lebens geworden. Es gab keine Veranstaltungen mehr, die sie alleine oder mit einer ihrer Freundinnen besuchte. Sie fühlte sich nur wohl, wenn sie mit ihm ausging. Selbst die Zeit, die sie früher mit Sport verbracht hatte, schien sie zu weit weg von ihm zu bringen.
Sie fieberte dem Moment entgegen, in dem sie wieder bei ihm war.
Daher gab sie den Sport irgendwann auf.
Ohne dass es ihr so richtig bewusst wurde, gab sie

eigentlich im Laufe der Zeit alle ihre Hobbies auf, verlor den Kontakt zu ihren Freundinnen.

Er war alles, was in ihrem Leben zählte.

Ihr war es egal, dass er weiterhin seine Freundschaften pflegte und auch zu seinem heiß geliebten Tischtennis ging.
Er brauchte das eben nun mal und sie akzeptierte das.

Irgendwann bemerkte sie, dass sie nur noch selten miteinander schliefen. Und wenn, dann war es nie mehr so wie in den ersten Nächten. Aber solch ein Zauber ließ sich eben nicht auf Dauer aufrecht erhalten. Trotzdem war es auch jetzt noch schön. Fand sie.

Störend war nur, dass er immer mehr Mittagsschichten hatte. Die Zeit, die sie miteinander verbringen konnten, schien unaufhaltsam zusammenzuschmelzen. Sie spürte, wie das Band zwischen ihnen immer dünner wurde.

Sie versuchte das auszugleichen, indem sie ihm jetzt oft etwas Leckeres kochte, ihm jeden einzelnen seiner Wünsche von den Augen abzulesen versuchte.

Doch seltsamerweise wurde seine Laune in dem Maß schlechter, in dem sie sich anstrengte, ihm zu gefallen.

Schließlich gingen sie gar nicht mehr miteinander aus und es war schwierig, sich mit ihm zu unterhalten.

Er wurde zunehmend einsilbiger.

**

Sie wusste, er hatte heute Nachtschicht gehabt, war also ab 14 Uhr wieder ansprechbar, und musste Morgen erst mittags wieder zur Arbeit.

Und sie hatten sich so wenig gesehen in den letzten Wochen.

Entweder er hatte Mittagsschicht und kam erst abends wieder, oder er traf sich mit einem seiner Freunde oder ging zum Sport. Daher hatte sie spontan beschlossen, sich heute einen halben Tag frei zu nehmen.

Sie hatte Karten fürs Theater besorgt, wollte endlich mal wieder mit ihm ausgehen, so wie früher. Vor lauter Vorfreude hatte sie sich schon den ganzen Vormittag nicht richtig auf ihre Arbeit konzentrieren können. Als sie endlich gehen konnte, stürmte sie aus dem Büro.

„Treiben Sie's nicht zu bunt!", rief ihr Chef ihr noch lachend nach.

Endlich kam ihr Haus in Sicht. Schnell parkte sie das Auto und raste die Treppe hoch.

Und dann war alles wie in einem Film.

Sie hörte Geräusche aus dem Schlafzimmer. Als sie die Tür einen Spalt weit öffnete, sah sie ein Gewühl aus zwei nackten Körpern, hörte Marios Stöhnen und das einer fremden Frau.
Wie von Sinnen stürzte sie auf die beiden zu und schlug auf die Frau ein.
Mario riss sie von ihr weg und die Frau zog sich in Windeseile an verließ die Wohnung. Da drehte sie sich zu ihm um, schrie ihn an und trommelte mit den Fäusten auf ihn ein.
„Warum tust Du mir das an? Warum? Warum??"
Aber Mario hielt ihre Arme fest und wurde plötzlich eiskalt.
„Ich wusste nicht, dass Du heute eher nach Hause kommst. Und außerdem – es ist ganz gut so, dass es passiert ist."
Fassungslos starrte sie ihn an.
„Wir leben doch die ganze Zeit schon nur noch nebeneinander her."
„Ja, weil Du dauernd irgendwelche anderen Verabredungen hast – wie diese hier", schnaubte sie. „Geht das schon länger so?"
„Du kannst beruhigt sein", sagte er in einem derart scharfen Ton, dass ihr ein Schauer über den Rücken

lief, „Gesa ist heute das erste Mal hier und ich habe auch nicht vor, sie zu meiner neuen Freundin zu machen."

Sie sah ihn verständnislos an.

„Warum schläfst Du dann mit ihr?"

Seine Augen wurden zu schmalen Schlitzen wie jedes Mal, wenn er ernsthaft wütend wurde.

„Ich glaube nicht, dass ich Dir irgendeine Rechenschaft schuldig bin. - Das mit uns ist doch sowieso schon lange vorbei. Ich war bloß zu feige, Schluss zu machen. Jetzt ist endlich der Zeitpunkt dafür gekommen."

Vor Schreck trat sie einen Schritt zurück.

„Das kannst Du nicht tun, nicht nach all dem, was wir zusammen erlebt haben."

Ihr Gesicht war kreidebleich geworden.

„Ach ja? Soll ich den Rest meines Lebens versauern, nur weil wir ein paar Monate lang Spaß zusammen hatten?"

„Spaß? Wir haben uns geliebt!", fuhr sie ihn an und die alte Energie kehrte wieder in ihren Körper zurück.

„Nenn es, wie Du willst. Auf jeden Fall ist es vorbei. Und ich möchte, dass Du die Wohnung verlässt."

Vor Überraschung klappte ihr für einen kurzen Moment die Kinnlade herunter, dann fing sie sich wieder.

„Nein, das werde ich auf keinen Fall tun. Du kannst mich hier nicht so einfach hinauswerfen."

Einen Augenblick lang sah es so aus, als wollte er tatsächlich ihre Sachen packen und sie vor die Tür setzen.

Doch dann besann er sich eines anderen.

„Wie Du willst", meinte er beherrscht, „dann werde *ich* eben gehen."

„Und wohin, bitte schön? Oder hast Du vielleicht eine Zweitwohnung?

„Ich werde eine Zeit lang bei einem Freund wohnen, bis ich etwas anderes gefunden habe."

Sie lachte gehässig auf.

„Das wirst Du niemals tun! Dazu bist Du viel zu bequem! Dann müsstest Du ja mal selber im Haushalt arbeiten."

„Du wirst schon sehen", erwiderte er kalt und ging aus der Tür.

**

Wütend tigerte sie in der Wohnung herum. Nein, er würde sie nicht verlassen. Ganz sicher nicht. Dazu müsste er auf zu viel verzichten.

Wo fand er schon jemanden, der ihm jeden Wunsch von den Augen ablas, der alles mitmachte, was ihm Spaß machte, auch ohne Lust darauf zu haben?

Der kommt wieder, sagte sie sich und ein siegessicheres Lächeln breitete sich auf ihrem Gesicht aus.

Als sie am nächsten Tag in die Wohnung kam, lag ein Schlüssel mit einem Brief auf dem Küchentisch. Es war sein Wohnungsschlüssel. In dem Brief stand, dass er die Wohnung gegenüber dem Vermieter gekündigt und auf sie umgemeldet habe.
Sie schnappte nach Luft.
Also doch.
Sie sah sich genauer um.
Jetzt entdeckte sie, dass er alle seine Sachen abgeholt hatte. Die Möbel hatte er allerdings komplett ihr überlassen.
Sie sank auf dem Sofa zusammen wie ein Häufchen Elend. Es erschien ihr alles wie ein böser Traum und sie wartete nur darauf, dass sie wieder daraus aufwachte.
Sie begann zu weinen und verlor völlig die Kontrolle über sich. Sie konnte einfach nicht mehr aufhören. Ein körperlicher Schmerz ergriff Besitz von ihr. Sie kroch in ihr Bett und krümmte sich zusammen. Sie fühlte sich, als hätte er ihr mit dem Messer in den Rücken gestochen und würde die Waffe gerade genüsslich in der Wunde hin und her drehen.

Warum nur?

Sie konnte es einfach nicht verstehen.

Was war nur passiert?

Sie musste es wissen, er musste es ihr noch einmal erklären.

Sie rief ihn auf dem Handy an und als er ihre tränenerstickte Stimme hörte, willigte er ein, sich noch ein letztes Mal mit ihr zu treffen, auf neutralem Boden, wie er sich ausdrückte, beim Italiener in der Nähe.

**

Sie hatte sich schick gemacht, hatte all das angezogen, von dem sie wusste, dass er es an ihr mochte. Mit viel Aufwand hatte sie die Spuren der Tränen in ihrem Gesicht überdeckt, die schon begonnen hatten, Furchen in ihrer Haut zu hinterlassen. Sie musste auf jeden Fall toll aussehen.

„Gut siehst Du aus", meinte er dann auch, als er sich zu ihr an den reservierten Tisch setzte.

„Danke", lächelte sie.

„Hast Du schon eine neue Wohnung gefunden?", fragte sie.

Er schüttelte den Kopf.

„Nein, im Moment wohne ich noch bei Rüdiger. Du kennst ihn, glaube ich. Ihr seid euch einmal bei meinem 40. Geburtstag begegnet.

„Ach, ja, ich erinnere mich", meinte sie, „wohnt der nicht in der Virchowstraße 12?"

Er nickte.

„Geht es Dir jetzt besser?", wollte sie wissen.

Er blickte verlegen auf die Tischdecke.

„Was heißt schon besser? – Ich bin froh, dass ich Dir endlich reinen Wein eingeschenkt habe und wir die ganze Sache hinter uns gebracht haben. Natürlich ist es nicht einfach, sich von jemandem zu trennen, den man einmal geliebt hat und mit dem man längere Zeit zusammen gelebt hat. Das kannst Du Dir sicher vorstellen."

„Aber warum tust Du es dann? Warum trennst Du Dich von mir, wenn es Dir dadurch schlecht geht?"

„Weil ich weiß, dass es mir langfristig ohne Dich besser geht. Weil ich Dich nicht mehr liebe und ich endlich den Weg für einen Neuanfang frei machen will."

„Wie kannst Du wissen, dass Du mich nicht mehr liebst, wenn Du doch unter der Trennung leidest? Das ergibt für mich keinen Sinn."

„Ich leide nur darunter, weil ich natürlich immer noch an die erste glückliche Zeit denke und ich traurig darüber bin, dass wir sie nicht erhalten konnten."

„Also liebst Du mich doch noch."

Er stöhnte auf.

„Nein, Maria, das tue ich nicht. Begreif das doch."

„Ich begreife nur, dass Du Deine Situation völlig falsch einschätzt. Du machst einen riesengroßen Fehler, glaub mir."

Er schüttelte stumm den Kopf.

„Lass es uns doch noch einmal versuchen. Du sagst mir einfach, was Dich alles an mir stört und wir finden wieder einen Weg zueinander."

Einen Moment lang schien er tatsächlich über ihr Angebot nachzudenken. Doch dann entschied er sich anders.

„Nein, Maria. Ich will nicht wieder so ein Weibchen um mich herum haben, das überhaupt kein eigenständiges Leben mehr führt und mir nur noch an den Fersen hängt."

Sie lief vor Wut rot an.

„Weibchen?! Du hast es doch genossen, wenn ich Dir jeden Wunsch von den Augen abgelesen habe!"

„Nein, das stimmt nicht", meinte er betont ruhig.

„Du hast Dich in diese Rolle irgendwie hineingesteigert. Ich wollte das niemals."

Sie merkte, dass sie so nicht weiterkommen würde und zügelte ihr Temperament.

„Na gut, dann werde ich mir eben wieder ein paar Hobbies suchen und ein paar alte Freundschaften aufleben lassen, wenn es nur daran liegt."

Er seufzte.

„Ich will aber nicht, dass Du das nur tust, damit Du mir wieder gefällst. Das wäre doch gar nicht echt."

Jetzt konnte sie sich nicht mehr beherrschen.

„Mein Gott noch mal, Du weißt aber auch gar nicht, was Du willst. Tu ich alles, was Du willst, bin ich ein Weibchen, tu ich das Gegenteil, ist es Dir auch wieder nicht recht. Ich verstehe Dich wirklich nicht."

Es war fast so, als hätte er auf diesen Satz gewartet.
„Eben. Und daher hat das mit uns auch keinen Sinn mehr."
Ohne ein weiteres Wort stand er auf, zahlte an der Theke und verließ das Lokal.

Und ließ sie völlig verblüfft zurück.

**

Wieder zu Hause angekommen, kamen die Tränen zu ihr zurück.
Warum war das Gespräch nur so ein Misserfolg gewesen?
Er hatte sie doch wieder attraktiv gefunden, hatte ihr doch gezeigt, dass er genauso unter der Trennung litt wie sie.

Sie musste ihn noch einmal zur Rede stellen.
Gleich Morgen früh.
Sie wusste, er hatte Frühdienst. In früheren Zeiten hatte er ihr einmal seinen Sicherheitscode genannt, mit dem er von der Website des Krankenhauses seinen Dienstplan herunterladen konnte.
Er konnte ihr also nicht entwischen.
Sie passte ihn an der Virchowstraße ab.
„Es tut mir leid, dass das Gespräch gestern so blöd gelaufen ist. Lass uns doch noch einmal in Ruhe über alles reden."

Er verzog genervt das Gesicht.

„Nein, Maria. Meine Entscheidung steht fest. Ich will nicht mehr."

Sie wurde wütend.

„Das kannst Du nicht machen. Du kannst mich nicht so abservieren."

„Was heißt hier abservieren?", blaffte er zurück.

„Vorbei ist vorbei. So einfach ist das."

„Nein, ich werde nicht zulassen, dass Du mich so abschiebst."

„Ach ja?" Er verzog spöttisch das Gesicht. „Was willst Du denn dagegen tun?"

„Das wirst Du schon noch sehen", schleuderte sie ihm wütend entgegen.

Er zuckte nur mit den Schultern, stieg in sein Auto und fuhr davon.

**

Die Einsamkeit in ihrer Wohnung war unerträglich. Es graute ihr jedes Mal davor, von der Arbeit nach Hause zu kommen, insbesondere freitags, wenn das Wochenende drohte.

Sie hatte ja keine Freundin mehr, hatte nichts, was sie unternehmen könnte. Sicher, sie könnte versuchen, ihre alten Freundschaften wieder aufleben zu lassen, könnte wieder zum Sport gehen oder andere Hobbies ausprobieren.

Aber sie wollte es einfach nicht.

Das wäre einem Eingeständnis ihrer Niederlage gleich gekommen, hätte bedeutet, dass sie ihn endgültig aufgeben würde.
Und das war das letzte, was sie wollte.

Nein, sie würde um ihn kämpfen.

Noch am gleichen Tag rief sie ihn an.
„Ja?", hörte sie ihn am anderen Ende der Leitung.
„Hier ist Maria", sagte sie.
„Was gibt´s denn noch?", fragte er unwirsch.
„Ich wollte Dich gerne zum Essen einladen, als Versöhnung sozusagen", meinte sie.
„Da gibt´s nichts mehr zu versöhnen. Es ist vorbei, Maria", sagte er entschieden.
„Ich kann es aber einfach nicht verstehen."
„Das ist Dein Problem. Lerne, es zu akzeptieren."
Und damit legte er auf.
Er hatte noch nicht einmal ihre Reaktion abgewartet. Wütend wählte sie noch einmal.
Niemand ging ans Telefon.
Was für eine Unverschämtheit.

Sie spürte eine kalte Wut in sich hochsteigen.

Er behandelte sie wie der letzte Dreck. Das würde sie sich nicht gefallen lassen. Sie würde so lange bei ihm anrufen, bis er ans Telefon gehen würde.

Zunächst benutzte sie dafür seine Handy-Nummer. Mindestens 20 Mal am Tag rief sie ihn an. Und als er die Anrufe nicht mehr annahm, schickte sie zusätzlich Kurznachrichten.

„Du glaubst doch nicht, dass Du mich auf diese Weise los wirst" oder „Du wirst es noch bereuen, wenn Du nicht ans Telefon gehst" oder nur „Lass uns doch noch einmal treffen und über alles sprechen".

Aber egal ob sie schimpfte, drohte, sich reuig zeigte oder ihm sagte, dass sie ihn noch liebte, niemals reagierte er.

Irgendwann kam die Ansage, dass die Nummer, die sie wählte, nicht vergeben sei. Anfangs dachte sie noch, sie hätte sich verwählt. Aber als bei ihrem dritten Anruf wieder die gleiche Ansage ertönte, dämmerte es ihr.

Er hatte seine Handy-Nummer gewechselt.

So also gedachte er, das Problem aus der Welt zu schaffen.

Aber nicht mit ihr.

Sie setzte ihren Telefonterror auf dem Festnetz fort, auch wenn er dort ebenfalls nach kurzer Zeit ihre Anrufe nicht mehr annahm.

„Na warte Bürschchen", dachte sie, „wenn Du mich quälst, quäle ich Dich genauso."
Von da an ließ sie jede Nacht gegen 3 Uhr das Telefon mindestens fünf Mal hintereinander so lange klingeln, bis die Verbindung vom Telefonanbieter automatisch unterbrochen wurde. Sicher, dafür musste auch sie nachts aus dem Bett aufstehen. Aber die tiefe Befriedigung darüber, dass sie erfolgreich seinen Schlaf störte und er sich am nächsten Tag durch den Arbeitsalltag quälen musste, lohnte ihre eigene Mühe.

Sie zog ihre Racheaktion so lange durch, bis ihr eine automatische Stimme „Kein Anschluss unter dieser Nummer" ins Ohr säuselte. Er hatte also auch seine Festnetz-Nummer gewechselt.
Sie hatte gewusst, dass es irgendwann so weit kommen würde.

Und dass er schließlich auch seine E-Mail-Adresse wechseln würde, nachdem sie ihn mit unzähligen Nachrichten überschüttet hatte.

Aber seine Postadresse, die konnte er nicht so einfach ändern.
Sie ging dazu über, seinen Postkasten mit Zetteln und Briefen zu füllen, auf die sie nie eine Antwort erhielt.

Doch mit der Zeit ermüdete sie das. Schließlich lechzte sie nach einer Reaktion von ihm, egal ob positiv oder negativ.
So kam sie jedenfalls nicht weiter.

Sie würde ihn wohl persönlich dazu bringen müssen, es noch einmal mit ihr zu versuchen.

**

Er hatte Frühschicht.

Sie hatte gewartet, bis der erste Bewohner aus dem Haus gegangen war und war schnell durch die Haustür geschlüpft. Im Schutz des Treppenhauses hatte sie sich in eine Ecke gedrückt. Sie hatte ihre schwarzen hochhackigen Schuhe an und ihren weiten, langen Wintermantel und darunter – nichts. Als er die Treppe herunter kam, zog sie ihn mit aller Macht in eine dunkle Nische, küsste ihn wild und legte seine Hände auf ihre nackten Brüste.
Für einen Moment lang ließ er vor lauter Schreck alles geschehen, dann stieß er sie heftig von sich.
„Bist Du jetzt total durchgeknallt?", schrie er sie an.
„Du liebst mich noch, das habe ich doch gerade genau gemerkt", sagte sie und versuchte, ihn wieder an sich zu ziehen. Doch er befreite sich mit einem energischen Ruck aus ihrer Umarmung.
„Du bist ja krank!"

„Der einzige, der krank ist, bist Du, weil Du Dir nicht eingestehst, dass Du mich immer noch liebst!", rief sie.

Doch da stürmte er schon in Richtung Hauseingang. Kurz vor der Haustür drehte er sich noch einmal um. „Lass mich endlich in Ruhe!", schrie er.

Niemals.

Niemals würde sie ihn in Ruhe lassen.

Jetzt, wo sie wusste, dass er sie noch liebte.

**

Sie hatte es sich zur Gewohnheit gemacht, ihn zu verfolgen.
Vor ihrer Arbeit.
Nach Arbeitsende.
Am Wochenende.

Manchmal, an einer Ampel, in einer unübersichtlichen Menschenmenge oder auch auf einer einsamen Straße, ging sie dicht hinter ihm, drängte sich an ihn, berührte ihn.

In der ersten Zeit drehte er sich noch um und schimpfte sie aus.

Aber sie ließ nicht locker.

Natürlich tat sie das nicht, wenn er mit Freunden zusammen war. Das Risiko, entdeckt zu werden oder dass er vielleicht seine Freunde auf sie hetzte, war ihr zu groß.

Aber er war ja schließlich oft genug allein unterwegs.

Sie hatte das Gefühl, dass er ihr ausgeliefert war, fühlte sich wie ein Jäger auf der Pirsch. Es war ein gutes Gefühl, selbst wenn er sich manchmal wehrte. Eigentlich gerade, wenn er sich wehrte.

Dann konnte sie ihn wieder spüren, war es ihr gelungen, Gefühle in ihm auszulösen. Sicher, es waren nicht die Gefühle, zu denen sie ihn wieder bringen wollte. Aber immerhin waren es Gefühle. Und wenn sie es schaffte, sie in ihm auszulösen, würde sie ihn sicher auch irgendwann wieder dazu bringen, sie zu lieben.

Wenn sie nur dran blieb.

Und sie genoss es, wenn er sich unsicher umblickte, sobald er das Haus verließ. Dann wusste sie, er dachte an sie.

Manchmal wiegte sie ihn extra in Sicherheit, dass sie ihn nicht verfolgen würde. Um dann irgendwo plötzlich auf seinem Weg hinter einer Hausecke hervorzuspringen.

Sie liebte die Angst in seinem Gesicht, das von Monat zu Monat blasser wurde.

Er gehörte ihr.

Sie hatte es in der Hand, ob sein Tag gut wurde oder nicht. Allein durch ihre Entscheidung, ihn zu verfolgen oder nicht.
Sie hatte auch wieder angefangen, Briefe in seinen Postkasten zu werfen. Sie machte sich einen Spaß daraus, ihm wilde Ankündigungen zu schicken, wie etwa:
„Heute Nacht werde ich Dich noch einmal im Treppenhaus abfangen und Du wirst mich küssen, so wie damals. Ich werde Dich nehmen und Du wirst mir nicht entkommen."
Dann stellte sie sich draußen vor das Haus und sah durch eines der Treppenfenster, wie er ängstlich die Stufen hinunterschlich und das letzte Stück zum Keller rannte.

Sie lachte auf.

Ja, dachte sie, Du bist für immer *mein*.

**

Sie hatte schon seit langem diese wilden Fantasien.
Sie wollte wieder mit ihm schlafen. Er gehörte doch sowieso ihr.
Warum also nicht?
Nur musste sie sich darauf einstellen, dass er sich

wehren würde. Er war sich ja nicht bewusst, dass er sie noch liebte.
Nur sie, sie wusste das.

Sie plante die Sache von langer Hand.
In einem Sexshop besorgte sie sich Handschellen.
Sie lächelte.
Es gab jede Menge Auswahl an „Fesselspielzeug".
Sie schien nicht die einzige zu sein, die das ausprobieren wollte. Sogar einen Knebel konnte sie sich hier kaufen.
Über das Internet gelangte sie an Viagra.
Um sicher zu gehen.
Er sollte sich nicht durch irgendwelche miesen Psycho- Tricks gegen seine wahren Gefühle wehren können.
Und dann noch Pfefferspray.

Jetzt fehlten nur noch der richtige Zeitpunkt und der richtige Ort.
Sie legte sich auf die Lauer.
Schnell stellte sie fest, dass er in der Regel alle zwei Tage abends in den Keller ging, um Getränke heraufzuholen.
Die Kellerräume lagen wie üblich eine Etage unter dem Erdgeschoss. Man gelangte über eine Treppe in den Kellerflur hinunter. Die eigentlichen Kellerräume waren dann noch einmal durch eine dicke Stahltür vom Rest des Treppenhauses

getrennt – aus Feuerschutzgründen. Theoretisch konnte man diese Tür abschließen, aber aus Bequemlichkeitsgründen tat dies niemand. Die sich dahinter befindlichen Kellerräume waren dagegen abgeschlossen. Jede Mietpartei hatte einen eigenen Raum.

Am frühen Abend war sie wieder unbemerkt in das Haus geschlüpft.
Darin hatte sie ja schon Übung.
Sie schlich die Treppe zum Keller hinunter und versteckte sich unterhalb der Treppe.
Minutenlang, stundenlang.
Jedes Mal, wenn sie Tritte hörte, spannte sich ihr Körper vor Aufregung an. Aber es waren immer andere Hausbewohner, die in den Keller wollten.

Dann endlich seine Schritte.
Jetzt galt es.

Sie wartete ab, bis er hinter der Stahltür verschwunden war. Dann schlich sie ihm nach und schloss die Tür sorgfältig. Sie war ein perfekter Geräuschschutz. Einen Moment lang lauschte sie in den Flur hinein, ob noch irgendwelche anderen Geräusche zu hören waren außer seinen.
Nein, es schien kein anderer im Keller zu sein als er.
Am Ende des Ganges sah sie eine geöffnete Tür, aus der ein schwacher Lichtschein fiel. Das Flurlicht war

schon wieder aus. Eine Automatikschaltung hatte die Beleuchtung nach kurzer Zeit beendet. Sie schlich sich heran.

Vorsichtig lugte sie in den Kellerraum.

Er beugte sich gerade über einen Stapel alter Ordner. Anscheinend suchte er irgendetwas.

Eine perfekte Situation.

Noch viel besser, als wenn er nur eben schnell mal ein paar Getränkeflaschen hätte hochholen wollen.

Sie zog leise die Tür hinter sich zu und war in zwei Sätzen bei ihm, sprühte ihm Pfefferspray in die Augen.

Dann ging alles ganz schnell.

Sie nutzte den Überraschungseffekt, zwang seine Arme auf den Rücken und ließ die Handschellen zuschnappen. Danach warf sie ihn zu Boden und fesselte seine Füße.

Er schrie.

Sie warf ihm eine Tablette Viagra in den Hals, die er reflexartig schluckte. Dann legte sie ihm den Mundknebel an. Ehe er es sich versah, hatte sie ihm die Hose herunter gerissen und sein Hemd zerfetzt. Sie lag auf ihm und drückte ihn auf den Boden. Jetzt zahlte es sich aus, dass sie im Gegensatz zu ihm groß und kräftig war. Sie hatte keine Probleme damit, ihn auf dem Rücken zu halten.

Schnell hatte sie ihren Mantel abgeworfen, unter dem sie nur ein T-Shirt und einen schmalen Wollrock ohne Unterwäsche trug.
Ihre Augen blitzten ihn an, genossen seinen panischen Blick.

„Jetzt werde ich Dich so lange reiten, bis Dir schlecht wird", zischte sie in sein Ohr, während sie sich auf ihn setzte und begann, ihn zu küssen.
Sie kannte die Stellen, die ihn erregten. Ihre Zunge fuhr genüsslich an seinem Hals entlang, hinunter zu der kleinen Kuhle an seiner Schulter und weiter zu seinen Brustwarzen, die sie zärtlich leckte.
Sie hörte ihn stöhnen und spürte, wie die Tablette in seinem Körper zu wirken begann.
Sie führte seinen Penis in ihren Körper und bewegte sich so lange, bis er sich in ihr entlud.

„Glaub ja nicht, dass ich schon mit Dir fertig bin."
Ihre Stimme war hasserfüllt.
Immer wieder quälte sie ihn von neuem, bis die Wirkung der Tablette nachließ.

Sie stieg von ihm ab, zog ihren Mantel wieder über.

„Bilde Dir nur nicht ein, dass das eine Vergewaltigung war", meinte sie verächtlich.
„Wenn Du ehrlich bist, weißt Du genau, dass Du ganz geil darauf warst, mich endlich wieder zu

haben. Ansonsten hätte das ja auch wohl kaum geklappt."

Sie lachte höhnisch auf.

„Und im übrigen wäre es besser für Dich, wenn Du Dir endlich eingestehen würdest, dass Du mich immer noch liebst."

Ihr Mund kam ein letztes Mal dicht an sein Ohr: „Du gehörst *mir*. Für immer."

Dann stürmte sie aus dem Keller.

**

Zwei Monate später lag die Anzeige auf ihrem Tisch. Wegen Nachstellung gemäß § 238 Absatz 1 Strafgesetzbuch, nicht wegen Vergewaltigung. Logisch. Das hatte er sich nicht getraut. Er wusste viel zu gut, wie sehr er sie begehrt und wie wild er sie genommen hatte.

Wegen Nachstellung – wie lächerlich. Seit wann war es strafbar, um Liebe zu kämpfen?

Und doch war sie jetzt verurteilt worden. Er hatte wohl alle Briefe der letzten Zeit gesammelt und ein Bekannter musste sie dabei gefilmt haben, wie sie hinter ihm her ging.

Unglaublich, was heutzutage schon für eine Strafbarkeit ausreichte.

Nun also eine Bewährungsstrafe von einem halben Jahr.

Natürlich würde sie sich an die gerichtlichen Auflagen halten, schließlich hatte sie keine Lust, wegen so einer Lappalie ins Gefängnis zu wandern und ihren Job zu verlieren. Ihrem Arbeitgeber sagte sie nichts davon, warum auch. Schließlich konnte sie ihren Job weiter ausüben.

Aber wenn das halbe Jahr um war, konnte Mario sich auf etwas gefasst machen.

Sie würde ihn schon spüren lassen, wie sehr er sie noch begehrte. Diesmal würde er es nicht schaffen, sich ihrer Liebe zu entziehen.

Das stand für sie fest.

Doch jetzt mussten erst einmal die 150 Sozialstunden abgeleistet werden, die der Richter ihr auferlegt hatte. Sie befürchtete, dass ihre Wochenenden auf längere Zeit ruiniert sein würden.

Sei´s drum.

Irgendwann würde sie die Stunden abgearbeitet haben und sie würde wieder frei sein.

Frei für ihn.

**

Es gab einen ganze Reihe von Möglichkeiten, die Sozialstunden abzuleisten. Zum Beispiel durch Mitarbeit in einer der Tafeln, die kostenlos bzw. gegen geringes Entgelt Essen und Lebensmittel an Bedürftige verteilten. Oder sie könnte sich in einer der Jugendfreizeitstätten in der Jugendarbeit engagieren.

Mit Kindern oder Jugendlichen zu arbeiten würde ihr schon Spaß machen. Sie hatte sich immer ein eigenes Kind gewünscht, aber davon war sie ja jetzt wohl meilenweit entfernt.
Sie entschied sich letztendlich für eine Mithilfe bei der Hausaufgabenbetreuung im sozialen Brennpunkt ihrer Stadt.

Das Café „Come in" war ein Angebot an Kinder und Jugendliche, die hier ihre Freizeit verbringen konnten, aber auch für wenig Geld ein Mittagessen bekommen oder sich auf freiwilliger Basis bei den Hausaufgaben helfen lassen konnten.
Hier mitzuarbeiten hatte den riesigen Vorteil, dass sie nicht wie befürchtet am Wochenende Dienst hatte.
Mit ihrem Arbeitgeber hatte sie vereinbart, dass sie wegen nicht näher genannter „persönlicher" Probleme ihre Stundenzahl für ein halbes Jahr auf

30 Stunden reduzieren würde, so dass sie wochentags ab 15 Uhr im Café sein konnte.
Es sah also so aus, als würde sie ihre Strafe relativ angenehm absitzen können.

**

An ihrem ersten Arbeitstag wurde sie herzlich von Corinna begrüßt, einer Sozialarbeiterin, die das Café leitete und die ihre Ansprechpartnerin war, falls es Probleme geben sollte.

„Eigentlich ist die Hausaufgabenbetreuung ein offenes Angebot", erklärte sie ihr, „also, es könnten theoretisch jeden Tag andere Kinder und Jugendliche kommen. Aber in der Praxis ist es so, dass eigentlich immer dieselben da sind."
Sie lächelte sie freundlich an.
„Du kennst die Kinder also nach kurzer Zeit ganz gut. Das macht die Sache etwas leichter."
Dann zeigte sie Maria, wo die Aufgaben gemacht werden sollten. Es war ein gemütlicher, kleiner Raum mit zwei Tischen in der Mitte und einem Sofa an der Wand. Er erinnerte eher an die Caféräume von nebenan als an einen Unterrichtsraum.
Corinna schien zu ahnen, was Maria dachte.

„Der Raum ist gemütlich eingerichtet, um den Kindern möglichst die Hemmung zu nehmen, hierher zu kommen und Hilfe in Anspruch zu nehmen. – Aber eine Tafel haben wir auch." Sie zeigte auf die Seitenwand, an der sich tatsächlich eine kleine grüne Tafel samt Kreide befand.

„Also, ich wünsche Dir viel Glück für Deinen ersten Tag. - Falls Du Hilfe brauchst, ich bin hinten an der Theke im Café."

„Eine Frage noch", sagte Maria schnell, ehe Corinna wieder aus der Tür war, „warum hat eigentlich meine Vorgängerin aufgehört?"

Corinna grinste.

„Sie hatte ihre Sozialstunden abgeleistet."

So war das also. Die Stelle wurde regelmäßig an Leute vergeben, die gerichtlich auferlegte Arbeit leisten mussten.

Wie alle sozialen Einrichtungen war sicherlich auch das „Come in" knapp bei Kasse und musste zusehen, wie es über die Runden kam. Und für ihren Job musste ja nichts bezahlt werden.

Trotzdem war es irgendwie unglaublich, dass man ausgerechnet Leute wie sie auf Kinder losließ.

Mal ganz abgesehen davon, dass die Kinder sich auf diese Art immer auf neue BetreuerInnen einstellen mussten, schien hier niemand davor Angst zu haben, dass die Verurteilten gegenüber ihren Schützlingen straffällig wurden.

Wahrscheinlich wusste Corinna noch nicht einmal, weshalb sie zu den Sozialstunden verurteilt worden war. Die Gerichte gaben solche Informationen zum Schutz der Verurteilten nicht weiter.

Allerdings hatte sich ihre Straftat auch nicht gegen Kinder gerichtet.

Egal, nun war sie hier gelandet und genau wie ihre VorgängerInnen würde sie ihre Stunden absitzen.

Es dauerte nicht lange, bis sie wusste, wer zum festen Stamm gehörte, der Hausaufgabenhilfe in Anspruch nahm.

Da war Peter von nebenan, dessen Eltern beide in Vollzeit berufstätig waren und keine Zeit hatten, sich um die Hausaufgaben zu kümmern.

Ludgers Mutter dagegen hätte schon die Zeit dazu, aber es gab regelmäßig Streit, wenn sie ihm etwas erklären wollte. Er verstand sie einfach nicht so gut.

Emilys Mutter dagegen war alleinerziehend und arbeitete den ganzen Tag über als Kassiererin in einem Supermarkt. Sie hatte nicht so viel Geld und war daher froh darüber, dass Emily im „Come in" für wenig Geld eine Mahlzeit bekam und ihre Aufgaben machen konnte.

Darüber waren auch Sophies Eltern froh, obwohl ihre Mutter den ganzen Tag zu Hause war. Aber sie hatte noch drei weitere Kinder und war glücklich über jedes, das ihr nicht in der Wohnung auf die Nerven ging.

Die Vier waren alle in den ersten Klassen von Haupt- oder Realschule. Daher bereitete es Maria keine größeren Probleme, ihnen in Deutsch, Englisch oder Mathe zu helfen, wo die meisten Hausaufgaben anfielen. Es war erstaunlich, mit wie wenig Hilfe die Kinder nach kurzer Weile fähig waren, ihre Aufgaben selber zu erledigen, wenn man sich eine gewisse Zeit lang regelmäßig intensiv um sie gekümmert hatte.

Allein Emily brauchte diese intensive Betreuung auf Dauer, vor allem wenn es um Deutsch ging. Maria fand heraus, dass bei Emily eine Rechtschreibschwäche diagnostiziert worden war, nur hatte das Jugendamt die Übernahme der Kosten für eine entsprechende Förderung abgelehnt, da das Kind nicht hinreichend in seiner schulischen Leistungsfähigkeit und in seiner Persönlichkeit beeinträchtigt sei. Immerhin hatte sie in Deutsch im letzten Halbjahreszeugnis noch ein „Ausreichend" erhalten.
Darüber hatte sich Maria sehr aufgeregt.
Aber Corinna meinte, so sei nun mal die Gesetzeslage. Leider hatte Emilys Mutter nicht genug Geld, um selbst die Finanzierung eines entsprechenden Kurses übernehmen zu können.
„Vielleicht kann ich ihr ja ein bisschen unter die Arme greifen", meinte Maria zu Corinna.
„Wie stellst Du Dir das vor?", fragte sie.

„Ich habe im Internet entdeckt, dass es bestimmte Übungshefte gibt, die Kindern mit Rechtschreibschwäche helfen. Hättest Du etwas dagegen, wenn ich sie hier benutzen würde, um Emily zu fördern?"

„Nein, ganz sicher nicht. Im Gegenteil, das wäre sehr schön. Allerdings dürfte natürlich die Hausaufgabenbetreuung der anderen nicht darunter leiden", meinte Corinna.

„Ganz bestimmt nicht", versicherte Maria. „Ich werde immer nach Ende der offiziellen Betreuung um 17 Uhr noch eine Stunde mit Emily arbeiten."

„Das fände ich toll", freute sich Corinna, „allerdings kann ich Dir diese Extra-Stunden nicht auf Deine Sozialstunden anrechnen, da Du ja hier nur zur Hausaufgabenbetreuung zwischen 15 und 17 Uhr angemeldet bist. Und entsprechend versichert bist Du in dieser Zeit auch nicht. Es wäre also wirklich rein freiwillig."

Maria winkte ab.

„Das geht schon in Ordnung."

**

Maria war Feuer und Flamme. Es war wirklich spannend zu erfahren, wie Kinder besser schreiben lernen konnten.

Sie fing mit Emily noch einmal ganz von vorne an.

Sie ließ sie Buchstaben in der Luft malen und Silben klatschen. Unter die einzelnen Silben sollte Emily sogenannte Schwingbögen malen, um ihr Verständnis für den Aufbau der Wörter zu verbessern. Und sie brachte ihr acht Rechtschreibregeln bei, mit denen sie 80% der Wörter richtig schreiben lernte. So gab es zum Beispiel die Regel, dass sich der Konsonant hinter einem kurzen Vokal immer verdoppelte. Oder dass man durch die Bildung des Plurals eines Wortes herausfinden konnte, ob es am Schluss mit d oder t geschrieben wurde – zum Beispiel „Hund" und „Hunde".

Es war schön zu sehen, wie Emily zunehmend sicherer im Schreiben wurde.

Gut, das Lernen der Ausnahmen von den Regeln bereitete ihr noch erhebliche Schwierigkeiten, zum Beispiel wenn es darum ging, wann man hinter einen Vokal ein stummes „h" setzte. Aber schließlich arbeitete sie mit dem Kind ja auch erst zwei Monate.

Wenn ihre Übungsstunde zu Ende war, kam Emilys Mutter Hanna, um sie abzuholen.

„Ich bin Ihnen ja so dankbar, dass sie Emily helfen", meinte sie eines Tages. „Die Lehrerin hat mir schon gesagt, dass sie erhebliche Fortschritte im Schreiben macht."

„Das freut mich aber."

Maria lächelte.
„Es hat sie jetzt auch wirklich der Ehrgeiz gepackt, besser zu werden."

Maria wurde bewusst, wie sehr ihr die Arbeit mit den Kindern Spaß machte. Sie war weit davon entfernt, hier einfach nur ihre Stunden abzureißen, so wie sie es ursprünglich geplant hatte.
Es war ein schönes Gefühl, dass diese Arbeit nicht einfach nur tote Zeit war, die sie irgendwie hinter sich bringen musste, sondern dass sie etwas Sinnvolles machen konnte, etwas, das ihr Spaß machte.

Und erstaunt stellte sie fest, dass sie seit Beginn ihrer Sozialstunden im „Come in" nur noch selten an Mario gedacht hatte.

Er war einfach nicht mehr so wichtig in ihrem Leben.

**

Ein paar Wochen nach ihrem Gespräch mit Hanna fiel Maria plötzlich auf, dass Emily traurig aussah. Sie konnte sich auch sehr schlecht auf ihre Aufgaben konzentrieren und machte Fehler, die sie schon seit langem nicht mehr gemacht hatte.

„Was ist denn los, Emily?", fragte Maria sie besorgt.
Das Kind druckste herum.
„Das darf ich Dir nicht sagen."
„Aber warum denn nicht?"
„Mama hat gesagt, ich darf mit niemandem darüber reden."

Als Hanna am Abend ihre Tochter abholen wollte, sprach Maria sie auf das seltsame Verhalten von Emily an.
Auch sie wollte sich zuerst nicht so recht zu der Sache äußern.
Dann meinte sie: „Wir müssen bald umziehen."
„Wieso denn? Haben Sie ihren Job verloren?"
Hanna wich ihrem Blick aus.
„Nein, nein. Das ist es nicht. Es ist wegen Jürgen."
Maria sah sie verständnislos an.
„Wer ist Jürgen?"
„Mein Mann. Besser gesagt, mein Ex-Mann."

Und dann brach sie in Tränen aus.

Maria war von diesem Gefühlsausbruch völlig überrascht und nahm sie in den Arm. Dann setzte sie sich mit ihr auf das Sofa im Hausaufgabenraum und versuchte, sie zu beruhigen.
„Nun mal ganz langsam. Was ist denn passiert?"

Langsam versiegte Hannas Tränenstrom und sie fasste sich so weit, dass sie wieder sprechen konnte.

„Wir sind seit drei Jahr geschieden, aber er will es einfach nicht akzeptieren. Dauernd ruft er mich an, auch nachts. Mein Handy ist voll von seinen permanenten SMS und seit kurzer Zeit verfolgt er mich immer, egal wohin ich gehe. Er sagt mir, dass er meine Trennung von ihm niemals akzeptieren würde und dass er mich schon dazu bringen würde, wieder zu ihm zurückzukommen. Neulich hat er versucht, mich auf dem Weg zu meiner Arbeit in sein Auto zu ziehen. Nur mit knapper Not konnte ich mich aus seinem Griff befreien und bin weg gerannt. Und vor ein paar Tagen hat er, während ich auf der Arbeit war, die Tür zu meiner Wohnung eingetreten und alle Sachen aus Schränken und Fächern auf den Boden geworfen. Und auf einen der Spiegel hat er geschrieben: Nächstes Mal krieg ich Dich. Natürlich habe ich ihn angezeigt – mal wieder. Ich habe sogar schon ein Gerichtsurteil gegen ihn in der Hand, dass er sich mir, meiner Tochter und meiner Wohnung nicht mehr als 20 Meter nähern darf. Aber er hält sich einfach nicht daran. - Ich kann nicht mehr. Ich bin mit den Nerven völlig am Ende."

Wieder begann Hanna zu weinen.

In Marias Kopf aber machte es „Klick" und ein Film lief vor ihrem inneren Auge ab, ein Film über Mario und sie, den sie am liebsten sofort ausgeschaltet hätte. Aber die Bilder schienen sich verselbständigt zu haben und zeigten ihr plötzlich ihr Verhalten aus der Sicht von Mario.

Sie spürte seine Angst, wenn er das Haus verließ und sie hinter der nächsten Ecke vermutete. Sein Unwohlsein beim Gang die Treppe hinunter, das seine Schritte zaghaft werden ließ in der Furcht, sie könnte sich in den Flur geschlichen haben. Die zermürbende dauernde Anspannung, die sein Gesicht immer magerer werden ließ und einen verschreckten Ausdruck in seinen Augen hinterließ. Seine Panik in jener Nacht, als sie ihn zu Boden warf, und die seelischen Verletzungen, die sie ihm durch die Vergewaltigung zugefügt hatte.

Ja, Vergewaltigung.

Es war das erste Mal, dass sie die Ereignisse jener Nacht so nannte.

Ihr wurde speiübel und sie rannte auf die Toilette, um sich zu übergeben. Sie brachte es noch gerade fertig, sich bei Corinna und Hanna wegen einer angeblichen Magen-Darm-Erkrankung zu entschuldigen und kündigte an, dass sie Morgen einen Tag zu Hause bleiben würde. Auch bei ihrem Job als Bürokauffrau meldete sie sich krank.

**

Wäre sie doch bloß arbeiten gegangen. Das hätte sie abgelenkt, hätte vielleicht die Erinnerungen unterdrückt, die jetzt mit aller Macht in ihr Bewusstsein gelangten.
Sie spürte wieder ihre Verletztheit, als Mario einfach so mit ihr Schluss gemacht hatte. Die Demütigung und die kalte Wut, die von ihr Besitz erfassten. Und die Erleichterung, die es ihr gebracht hatte, wenn sie ihm zusetzte.
Aber es war eine trügerische Erleichterung gewesen, die ihrem Schmerz nicht wirklich ein Ende setzen konnte, da sich ihr ganzes Leben weiterhin nur um ihn drehte, wenn auch in einer abartigen Art und Weise. Und mit seinen ständigen Zurückweisungen wurden ihre Wunden immer wieder von neuem aufgerissen.
Sie hatte sich niemals wirklich mit der Trennung auseinander gesetzt, hatte es verpasst, den Verlust als Chance eines Neuanfangs anzunehmen.
Wirklich zu akzeptieren, dass er sie nicht mehr liebte, dagegen hatte sie sich immer gewehrt. Und doch musste sie sich jetzt eingestehen, dass es so war und dass er sie nie wieder lieben würde.

Noch einmal spürte sie den gleichen körperlichen Schmerz wie direkt nach der Trennung von ihm, noch einmal schossen ihr Tränen in die Augen. Aber sie stellte die Trennung nicht mehr in Frage. Sie begriff sie zum ersten Mal als unumkehrbar und ließ den Schmerz zu in der Hoffnung, dass sie ihn nach einer Zeit überwinden könnte und ihre Seele endlich heilen würde.

Irgendwann hörte sie auf zu weinen und zwang sich dazu, sich etwas zu essen zu machen. Spaghetti Bolognese aus der Fertigpackung. Zu mehr reichte ihre Energie nicht.

Sie setzte sich an den Tisch und führte mechanisch den Löffel mit den Nudeln und der Soße in den Mund, ohne groß etwas zu schmecken.

Ihr Blick war leer und wahrnehmungslos.

Es dauerte eine Weile, bis sie realisierte, dass jemand an ihrer Tür Sturm klingelte.

„Was um alles in der Welt…", hob sie an, als sie die Tür öffnete, verstummte aber, als sie Hanna und Emily vor sich stehen sah.

Hanna war völlig außer Atem, war anscheinend zu ihr gerannt. Emily hatte verweinte Augen und sah sie ängstlich an.

Schlagartig drängte die Sorge um die beiden Marias eigenen Schmerz in den Hintergrund.

„Jetzt setzt euch erst mal hin und ich mach uns allen eine Tasse Tee", meinte sie und schob Hanna und Emily in Richtung Küchentisch, ohne zu wissen, was eigentlich los war.
Während sie den Tee zubereitete, beruhigten sich die beiden halbwegs, schauten aber dauernd ängstlich aus dem Fenster in Richtung Straße.

Maria setzte sich zu ihnen.

„Also, was ist passiert? Und woher habt ihr überhaupt meine Adresse?", fragte sie.
„Emily hat Dich wohl einmal während der Hausaufgabenhilfe gefragt, wo Du wohnst", meinte Hanna.
Maria erinnerte sich. Es musste die erste oder zweite Stunde im „Come in" gewesen sein, als sie Emily fragte, wo sie wohnte und Emily sie zurück fragte. Sie lächelte. Wie Kinder nun einmal so sind.

„Ich wusste einfach keine andere Zuflucht in der Nähe und Emily konnte sich erinnern, dass Du hier wohnst", meinte Hanna entschuldigend.
Maria winkte ab.
„Ja, schon gut. Aber was ist nun eigentlich los?"

„Ich war gerade auf dem Rückweg vom Einkaufen", begann sie zu erzählen, „als ich merkte, dass Jürgen uns wieder verfolgte. Aber diesmal hielt er nicht den gleichen Abstand zu uns, sondern kam immer näher. Ich ahnte, dass er irgendetwas anderes vor hatte, als uns einfach nur zu verfolgen. Also bin ich immer schneller gegangen, aber der Abstand zu ihm hat sich trotzdem ständig verkürzt. Schließlich hat er mich in einen Hauseingang gedrückt, mich geküsst und versucht, mir meine Kleidung vom Leib zu reißen. Ich habe ihm mein Knie in den Unterleib gerammt und bin mit Emily an der Hand wie der Teufel gerannt. Meine Einkaufstaschen habe ich einfach in dem Hauseingang stehen lassen. – Ich hatte für 70 Euro eingekauft. Alles weg."

Maria wusste, 70 Euro waren für Hanna eine Menge Geld.

„Die Taschen kriegen wir schon wieder", beruhigte sie sie. „Die stehen bestimmt immer noch in dem Hauseingang."
„Ja, aber wie sollen wir denn dahin kommen?", fragte Hanna sie ungläubig. „Jürgen steht doch noch vor Deinem Haus."
„Was?"
Maria schaute aus dem Fenster. Tatsächlich, dort unten stand ein recht kräftiger Mann mittleren Alters und blickte zu ihr nach oben.

„Das ist ja wohl dreist", meinte Maria nur. Und: „Der kann was erleben."

Sie wählte die Nummer der Polizei und teilte ihr mit, dass Hannas Mann die Auflage des Gerichts missachtete und sich Hanna unzulässigerweise genähert hatte. Und dass er ihr jetzt vor ihrer, Marias, Wohnung auflauerte.

Eine Viertelstunde später waren die Beamten vor Ort und nahmen Jürgen mit.

„Das hätten wir schon einmal", meinte Maria zu Hanna.
„Und jetzt holen wir Deine Einkaufstaschen wieder. Jürgen kann uns dabei ja nicht mehr im Weg stehen."
„Danke", meinte Hanna nur erleichtert. „Aber lange wird die Polizei ihn nicht festhalten", sagte sie. „Das kenne ich schon aus vergangenen Malen. Nach ein bis zwei Stunden ist er wieder frei und weiß dann bestimmt nichts Besseres, als mich direkt wieder zu Hause anzurufen. – Ich glaube, das ertrage ich heute nicht."

Maria dachte einen Moment nach.
„Für heute könnt ihr bei mir übernachten. Ihr könnt auf der Schlafcouch liegen. Und Morgen sehen wir dann weiter. Ich denke, ich werde mich Morgen

noch für einen Tag krank melden. So eine Magen-Darm-Erkrankung geht schließlich nicht in einem Tag vorbei."

Sie zwinkerte Hanna aufmunternd zu.

„Und dann überlegen wir uns einen Schlachtplan, wie ihr Jürgen endlich auf Dauer los werden könnt."

Hanna sah sie zweifelnd an.

„Daran glaube ich schon nicht mehr."

„Überlass das mal mir", sagte sie nur. „Ich hab Erfahrung in solchen Dingen."

Hanna machte große Augen.

„Bist Du auch schon einmal so verfolgt worden?"

„Nicht direkt", wich sie ihr aus, „aber ich hab schon so einiges gesehen."

„So, und nun lass uns schnell Deine Einkäufe holen", wechselte sie das Thema, ehe Hanna noch weiter fragen konnte.

Wie sie es nicht anders erwartet hatte, standen die Taschen noch unversehrt im Hauseingang. Von Jürgen war weit und breit keine Spur zu sehen. Maria half Hanna beim Tragen und so waren sie schon nach kurzer Zeit wieder in Marias Wohnung angekommen.

„Ich weiß gar nicht, wie ich Dir danken soll", sagte Hanna verlegen.

„Sieh es als eine Art Wiedergutmachung für vergangene Sünden an", meinte Maria und sah, wie Hanna fragend die Stirn runzelte.

„Na ja", meinte sie ausweichend, „ich war in meinem Leben nicht immer die barmherzige Samariterin."

Hanna sah sie ungläubig an.

„Ich kann mir nicht vorstellen, dass Du jemals etwas wirklich Schreckliches getan hast."

Maria schwieg.

Und Hanna wagte es nicht, noch weiter in sie zu dringen.

**

Hanna und Emily schliefen längst.

Aber Maria lag noch wach in ihrem Bett und wälzte sich unruhig hin und her.

Ausgerechnet sie.

Ausgerechnet sie sollte einem Stalking-Opfer helfen. Das Leben kam wirklich auf die unglaublichsten Ideen.

Aber andererseits: Wer konnte besser als sie wissen, was einen Stalker wirklich zur Räson brachte?

Sie wusste, der Schlüssel zur Lösung von Hannas Problemen lag in der Antwort auf die Frage, was *sie* damals dazu gebracht hätte, von Mario abzulassen. Sie erinnerte sich daran, was Mario im Vorfeld des Gerichtsurteils alles getan hatte, um sie loszuwerden.

Eigentlich nicht viel.

Er hatte auf alle ihre Anrufe, E-Mails und Briefe nicht reagiert.

Das war schon richtig gewesen.

Schließlich hatte sie das ja so gut wie aufgegeben und war dazu übergegangen, ihn zu verfolgen.

Worauf er nur mit Flucht und Angst reagiert hatte.

Sie spürte noch genau, wie befriedigend seine Angst und seine Flucht vor ihr für sie gewesen waren. Das Gefühl, ihn in der Hand zu haben, Herr der Situation zu sein, sich rächen zu können. Sogar die Lust, ihn mit unzähligen Briefen zu quälen, war dadurch wieder erwacht.

Und sie erkannte, dass Hanna gegenüber Jürgen auf dieselbe Weise reagierte wie Mario damals ihr gegenüber.

Ihr war klar, Angst und Flucht waren genau die Verhaltensweisen, die Jürgen in seiner Verfolgung noch bestärkten.

Doch wie sollte man als potentielles Opfer keine Angst haben?

Und es war doch normal, vor einem erwarteten Angriff zu fliehen.

Hanna musste einfach mehr Selbstbewusstsein ausstrahlen. Das war aber nur möglich, wenn sie wusste, dass Jürgen ihr nichts antun konnte.
Und das war nur der Fall, wenn sie wusste, dass sie sich erfolgreich wehren konnte.

Es lag auf der Hand: Hanna brauchte eine Waffe. Dringend.
Und Maria hatte auch schon eine Idee, welche.

Sie sprang aus dem Bett und surfte im Internet auf den entsprechenden Seiten. Klar, viele der angebotenen Artikel waren illegal, aber Jürgens Verhalten war schließlich auch illegal. Außerdem sollte sie ihn ja nicht gleich umbringen, heftige Schmerzen würden schon ausreichen.

Sie entschied sich für einen Elektroschocker. Klein, unauffällig und einfach zu handhaben. In ein paar Tagen sollte die Ware bei ihr eintreffen.
Und bis dahin konnten die beiden ja bei ihr wohnen.

**

„Ich glaube nicht, dass das der richtige Weg ist",
zweifelte Hanna, als ihr Maria am nächsten Morgen
von ihrem Plan erzählte.
„Das macht ihn doch nur noch aggressiver."
„Du sollst ihn ja nicht damit angreifen", meinte
Maria. „Du sollst Deine Waffe nur benutzen, wenn
er auf Dich losgeht. So wie gestern."
„Und Du meinst, dadurch hört er auf mich zu
verfolgen?", fragte Hanna skeptisch.
Maria dachte nach.
Hätte Mario sich mit einer Waffe gewehrt, hätte sie
ihn vielleicht nicht mehr körperlich angegriffen.
Aber sie hätte nicht aufgehört, ihn zu verfolgen.
Sie seufzte.
„Nein, wahrscheinlich nicht. Aber Du weißt
immerhin, dass Du ihm entkommen kannst. Du
musst nicht mehr so ängstlich sein."
„Ja, das kann schon sein", sagte Hanna. „Aber das
Problem löst es nicht."

Hanna hatte Recht.
Die Waffe stoppte nicht Jürgens Verfolgungswahn.
Was aber dann?
Oder anders gefragt: In welchen Situationen hätte
sie Mario nicht verfolgt, was hätte sie konkret
davon abgehalten?

Im Schnelldurchlauf ging sie in ihrem Innern die Situationen durch, in denen sie Marios Verfolgung aufgenommen hatte.

So unterschiedlich sie alle waren, hatten sie doch eins gemeinsam: Verfolgt hatte sie Mario immer nur dann, wenn er alleine unterwegs war oder wenn ihr Verhalten in einer dichten Menschenmenge nicht auffallen konnte. Sie hatte immer sicher sein wollen, dass niemand ihr Tun bemerkte.

Maria lächelte erleichtert.

Das war´s.

„Ich finde, es wird Zeit, dass die Öffentlichkeit davon erfährt, was Jürgen mit Dir so alles anstellt. Er hat Dich lange genug im Verborgenen gequält."

Hanna sah sie fragend an.

„Und wie stellst Du Dir das vor?"

„Wir werden im Internet einen Blog einrichten, so mit dem Titel „Jürgen stalkt – ein Opfer berichtet""."

„Mein Gott, wie reißerisch klingt das denn?"

„Egal, wie das klingt", meinte Maria, „Hauptsache, der Blog wird gelesen."

„Und was soll ich da schreiben?"

„Na, Deine ganze Geschichte eben. Von Anfang an. Und was jetzt noch so läuft. Ich dachte an eine Form von Tagebuch, natürlich mit Bildern von ihm. Ich wette, das trifft ihn ins Mark."

Hanna sah sie skeptisch an.

„Oder surft Jürgen nie im Internet?", fragte sie vorsichtshalber nach, denn dann wäre die Aktion wirklich sinnlos.

„Doch, doch, das schon. Aber ist das nicht illegal?"
Maria verdrehte die Augen.

„Mensch, was heißt schon „illegal". Hier geht es um einen rechtskräftig verurteilten Stalker, der Dir Dein Leben immer noch zur Hölle macht. Ich glaube, sein Verhalten ist um einiges illegaler als Deins, oder?"

Das musste auch Hanna zugeben.

**

Am nächsten Tag kehrten Hanna und Emily wieder in ihre Wohnung zurück.

Hanna befolgte Marias Anweisung und nahm jetzt immer den kleinen Elektroschocker mit, wenn sie unterwegs war.

Es war schön zu sehen, wie sie von Tag zu Tag selbstbewusster wurde.

Anfangs hatte Jürgen sie noch weiter verfolgt, aber er hatte sich nicht mehr getraut, sie anzugreifen. Er musste gespürt haben, dass sich etwas verändert hatte.

Als Hanna dann anfing, ihren Blog über Jürgens Stalking ins Netz zu stellen, gab er seine Verfolgung auf. Für ein paar Wochen erreichte sie noch ab und zu ein Brief von ihm, aber irgendwann war auch damit Schluss.

Maria hatte Hanna bei der Erstellung des Blogs mit Rat und Tat zur Seite gestanden und die beiden Frauen hatten sich oft bei Maria getroffen, da Hanna keinen eigenen PC besaß.
Die Aktionen gegen Jürgen hatten sie eng zusammengeschweißt und sie waren sehr gute Freundinnen geworden.
Auch jetzt, wo der Kampf endgültig gewonnen war, trafen sich die Frauen noch häufig.
Und ab und zu spielte Maria den Babysitter für Hanna und passte auf Emily auf.

**

Das halbe Jahr von Marias Bewährungsstrafe näherte sich rasant dem Ende, und als ihre Sozialstunden schließlich abgeleistet waren, kam Corinna, um sich von ihr zu verabschieden.

Aber Maria hatte gar keine Lust dazu.

„Was hältst Du davon, wenn ich auf Dauer bei euch weiter arbeite? - Natürlich rein ehrenamtlich", fügte sie rasch hinzu, an die chronische Finanznot des „Come in" denkend.

„Das würdest Du wirklich tun?" Corinna war überrascht. „Ich meine, weiß Dein Chef denn davon?"

„Ja, ich habe ihn vorige Woche gefragt. Und da wir mittlerweile noch eine 450 Euro-Kraft eingestellt haben, die sich sehr gut eingearbeitet hat, wäre er damit einverstanden."

„Kommst Du denn mit dem geringeren Gehalt klar?", fragte Corinna besorgt.

Maria lachte nur.

„Ich komme schon seit einem halben Jahr damit gut über die Runden, dann werde ich das wohl auch in Zukunft können."

Da musste ihr Corinna Recht geben.

„Na dann: Willkommen im Team!"

Sie umarmte sie herzlich.

Maria hatte sich noch nie so wohl gefühlt. Sie hatte ihr Leben wieder im Griff und mit Hanna eine gute Freundin gewonnen.

Ihrem Glück stand nichts mehr im Weg.

Dachte sie.

Aber sie hatte Jürgen unterschätzt.

**

Natürlich hatte Jürgen mitbekommen, zu wem seine Ex-Frau in der letzten Zeit regelmäßig

gelaufen war. Und dass von diesem Zeitpunkt an im Internet dieser Blog über ihn erschien, war ja wohl kein Zufall. Er konnte schließlich eins und eins zusammenzählen.
Und er spürte Hass gegen Maria in sich aufsteigen, der ein Ventil suchte.

Es war an der Zeit, sich an ihr zu rächen.

Maria ging gerade von ihrer Arbeit im „Come in" nach Hause, als er plötzlich hinter einer Hausecke hervorkam und sich ihr in den Weg stellte.

Sie hatte keine Angst vor ihm. Sie war schon mit ganz anderen Typen fertig geworden.
„Lass mich durch oder ich schreie die ganze Straße zusammen", drohte sie ihm.
Ihre Augen funkelten vor Wut.
Aber er blieb breitbeinig vor ihr stehen.
„Glaub ja nicht, dass ich nicht weiß, warum sich meine Hanna so mies mir gegenüber verhält", fuhr er sie an. „Aber dafür wirst Du bezahlen, das schwöre ich Dir!"

„*Du* willst mir drohen? Willst Du mich jetzt etwa auch stalken oder was? - Ich freu mich jetzt schon drauf. – Komm mal wieder zurück in die Wirklichkeit, Kleiner!"
Ihre Stimme hatte einen verächtlichen Ton.

„Mit Dir rechne ich ganz anders ab", zischte er. „So, dass Du ein Leben lang was davon hast!"

„Klar, ich mach mir jetzt schon in die Hose! – Und jetzt geh mir aus dem Weg, bevor Du es bereust!"

Einen Moment lang schien er stehenbleiben zu wollen, dann überlegte er es sich anders, drehte sich auf dem Absatz um und verschwand dahin, woher er gekommen war.

„Arschloch!", dachte Maria nur und hatte den Vorfall bald verdrängt.

**

Ein paar Tage später stand Hanna vor ihrer Tür, mit einem Brief in der Hand.

„Er hat wieder geschrieben", sagte sie nur und legte den Brief auf den Küchentisch.

„*Was* hat er geschrieben?", fragte Maria, die natürlich sofort wusste, um wen es ging.

Aber Hanna zeigte nur stumm auf den geöffneten Brief. Maria nahm ein Stück Papier aus dem Umschlag, das mit Schreibmaschine beschrieben war. Kein Absender, keine Unterschrift.

Jürgen war vorsichtiger geworden.

Maria begann zu lesen:

„Gratuliere, Hanna. Da hast Du Dir ja eine feine Freundin ausgesucht. Weißt Du eigentlich, dass Deine liebe Maria selbst rechtskräftig wegen Stalking verurteilt ist, und zwar wegen Übergriffe auf einen gewissen Mario Günther? Wenn Du mir nicht glaubst, kannst Du ihn ja selber fragen, er wohnt in der Virchowstraße 12."

Das also war die Art des Kampfes, die Jürgen ihr angedroht hatte.

Maria wurde kreidebleich.

„Hast Du Mario gefragt?"
Hanna schüttelte den Kopf.
„Nein, ich wollte die Wahrheit von Dir hören."

Maria ließ sich schwer auf einen der Küchenstühle fallen.
Es hatte keinen Zweck zu lügen.
Jürgen würde Hanna schon die Wahrheit beweisen.
„Es stimmt, was er schreibt", sagte sie leise. „Aber das hat nichts mit Dir zu tun oder damit, dass ich Dir gegen Jürgen helfen wollte", schob sie schnell nach.

Hanna sah sie ungläubig an.

„Wie kann das nichts mit mir zu tun haben? Sieht doch so aus, als ob Du mich nur dazu benutzt hast, um weiter stalken zu können, wenn auch jetzt Jürgen!"

„Nein, Hanna, ich wollte Dir wirklich nur helfen, glaube mir!"

Hanna war vor Wut rot angelaufen.

„Wie soll ich Dir glauben, wenn Du mich die ganze Zeit belogen hast? Ich habe Dir vertraut und Dir die persönlichsten Sachen von mir preisgegeben, obwohl Du genauso grausam gehandelt hast wie mein Mann, den ich dafür verachte!"

„Hanna, bitte", flehte Maria. „Ich habe Dich niemals belogen. Ich habe Dir nur nicht gesagt, weswegen ich vorbestraft bin. - Und Du wusstest, dass ich im „Come in" Sozialstunden wegen einer rechtskräftigen Verurteilung leisten musste. Du wusstest, dass ich kein Engel bin!"

„Aber ich wusste nicht, dass Du *so* etwas Schreckliches getan hast! Und dann hast Du auch noch auf Emily aufgepasst!"

„Was hat das denn jetzt mit Emily zu tun?"

„Du glaubst doch nicht im Ernst, dass ich sie Dir noch einmal zum Babysitten gebe! Und von der Hausaufgabenbetreuung melde ich sie auch ab."

Mit diesem Satz stürmte Hanna aus der Wohnung, noch ehe Maria etwas erwidern konnte.

**

Maria sackte wie ein Häufchen Elend auf ihrem Stuhl zusammen. Sie wusste, sie hatte gerade ihre beste Freundin verloren.
Doch es nutzte nichts, hier untätig herumzusitzen, wollte sie nicht weiter verletzt werden. Denn Jürgens nächster Angriff ließ bestimmt nicht lange auf sich warten.
Es galt jetzt, größeren Schaden abzuwenden.
Corinna, dachte sie nur.
Als nächstes würde er sicherlich Corinna informieren. Corinna wusste zwar, dass Maria zu einer Freiheitsstrafe auf Bewährung verurteilt worden war, aber nicht weswegen.

Sie sprang vom Stuhl auf, warf sich ihre Jacke über und lief zum „Come in".

Sie hatte Glück. Es war erst 18:30 Uhr und wenig los im Café. Die Kinder waren schon nach Hause gegangen und die Jugendlichen trudelten gerade erst so nach und nach ein.
Corinna nutzte die Zeit für den unumgänglichen Schreibkram, der auch in so einem Treff anfiel und

hatte sich in den Büroraum zurückgezogen. Die Tür war allerdings nur angelehnt.

Zaghaft klopfte Maria an.

„Ja?", erklang es aus dem Inneren des Raumes.

„Ich bin´s, Maria".

„Komm rein."

Corinna hatte sich schon auf ihrem Bürostuhl umgedreht, als Maria das Zimmer betrat.

„Was gibt´s?"

Maria druckste herum.

„Hanna wird Emily von der Hausaufgabenbetreuung abmelden. Und Emily wird mit mir auch nicht mehr an ihrer Rechtschreibschwäche arbeiten."

Corinna verzog erstaunt die Augenbrauen, sagte aber nichts.

Maria gab sich einen Ruck.

„Hanna hat heute erfahren, weshalb ich hier Sozialstunden leisten musste. Ihr Ex-Mann ist mir wohl auf die Schliche gekommen."

„Bevor Du weiter redest", unterbrach sie Corinna, „Du weißt, dass Du mir das nicht sagen musst."

„Ja", meinte Maria, „aber Hannas Ex-Mann Jürgen veranstaltet gerade eine Hetzjagd auf mich. Wie Du vielleicht mitbekommen hast, hat Jürgen seine Frau seit ihrer Scheidung gestalkt. Und weil ich ihr dabei

geholfen habe, seinen Verfolgungswahn zu beenden, tobt er sich jetzt gegen mich aus.
Hanna hat er schon alles erzählt.
Er wird sich sicher Dich als nächstes vornehmen.
Der will mich fertig machen."
„Gut, wenn das so ist…also, was hast Du Schlimmes gemacht?", grinste Corinna sie an.
Es hatten hier schließlich schon so einige KandidatInnen ihre gerichtlich auferlegten Sozialstunden abgearbeitet und für ein halbes Jahr auf Bewährung konnte Marias Straftat ja nicht allzu schlimm sein.
„Ich habe meinen Ex-Freund gestalkt."
Corinna entglitten die Gesichtszüge.
„Du hast…was?!"
„Ja, ich weiß, das war ´ne schlimme Sache. Aber ich bin da irgendwie so reingerutscht. Ich war so enttäuscht, so verzweifelt, als er mit mir Schluss gemacht hat…"
Corinna seufzte.
„Das wird Hanna nie akzeptieren."
Maria zuckte hilflos mit den Schultern.
„Ja, ich weiß", sagte sie leise.

Corinna kam zu ihr herüber und legte ihr tröstend den Arm um die Schultern.
„Was vergangen ist, ist vergangen. Ich trau Dir zu, dass Du von nun an ein anderes Leben führst. Du hast hier so viel Einsatz gezeigt und hast so

engagiert mitgearbeitet, das klappt bestimmt. –
Und Gottseidank hast Du keine Straftat gegen
Minderjährige begangen oder eine
Körperverletzung oder so etwas ähnliches, denn
dann könnte ich Dich hier nicht mehr arbeiten
lassen. Aber so...*Ich* kann jedenfalls weiterhin
genauso gut mit Dir zusammen arbeiten wie
vorher."

Maria war erleichtert.

Wie gut, dass sie nicht wegen Vergewaltigung
angeklagt und verurteilt worden war.
Davon wusste niemand etwas, nur Mario und sie.

**

Blieb nur noch ihr Chef im Büro, der unangenehm
reagieren könnte, würde er die ganze Geschichte
von Jürgen und nicht von ihr erfahren - Morgen
würde sie ihn informieren.

Doch sie kam zu spät.

Wider Erwarten hatte Jürgen sich nicht zuerst
Corinna vorgenommen, sondern ihren Chef.
Direkt zu Arbeitsbeginn wurde sie von ihm in sein
Büro gerufen.

„Es tut mir leid, Frau Lungkwitz, aber unter den gegebenen Umständen können wir Sie leider nicht länger bei uns behalten. Nicht nur, dass Sie vorbestraft sind, vor allem haben Sie Ihre Verurteilung mir gegenüber verschwiegen. Das ist ein enormer Vertrauensbruch. Ich sehe keine Grundlage mehr für eine weitere Zusammenarbeit. – Ihre Stelle wird ab sofort Frau Kaiser übernehmen."

Maria war sprachlos. Die 450 € - Kraft.
Klar, die hatte wahrscheinlich schon die ganze Zeit auf eine günstige Gelegenheit gewartet, um sie aus dem Job zu drängen.
Sie stürmte aus dem Büro und knallte die Tür hinter sich zu.

Sie wollte nur noch nach Hause.

**

Zu Hause warf sie sich verzweifelt auf ihre Couch.

Wie hatte sie nur so blöd sein können, zuerst zu Corinna zu laufen.
Sicher, ihr lag sehr viel an ihrer Meinung über sie.
Sie war fast so etwas wie eine Freundin und es wäre für Maria ein schwerer Schlag gewesen, wenn sie

die Hausaufgabenbetreuung nicht mehr hätte weiter machen können.

Aber sie verdiente kein Geld damit.

Ein Rauswurf als Bürokauffrau stürzte sie dagegen in eine finanzielle Krise – zumindest, wenn sie nach den paar Monaten Arbeitslosengeld keine neue Stelle gefunden hatte.

Und würde sie überhaupt jemals wieder eine finden?
Schenkte sie dem möglichen Arbeitgeber reinen Wein ein, würde sie sicher nicht eingestellt.
Verschwieg sie aber ihre Verurteilung, musste sie mit Jürgen rechnen.

Ihr fielen seine Worte ein: „Mit Dir rechne ich ganz anders ab. So, dass Du ein Leben lang was davon hast!"

Fast schon bereute sie es, dass sie Hanna geholfen hatte. Denn was hatte sie letztendlich von ihrer guten Tat?
Sie hatte Hanna verloren und würde wahrscheinlich in naher Zukunft von Hartz IV leben müssen.
Bei dem Gedanken daran spürte sie, wie sich ihre Kehle zuschnürte und sie kaum noch Luft bekam.

Sie musste raus hier, raus an die frische Luft. Das Gehen würde sie beruhigen und vielleicht fiel ihr ja auch noch eine Lösung für ihre ganze Misere ein.

Planlos lief sie durch die Stadt, ohne Sinn und Verstand. Mechanisch setzte sie einen Fuß nach dem anderen auf, spürte, wie die Bewegung ihre Verzweiflung in Wut verwandelte.

Hätte sie eine Waffe gehabt, sie hätte nicht dafür garantieren können, friedlich zu bleiben.
Aber warum sollte sie das auch?
Sie würde ohnehin in den nächsten Jahren an den Rand der Gesellschaft gedrängt werden, dann konnte sie sich doch auch schon jetzt dementsprechend benehmen.

Ihr Unterbewusstsein führte sie an Jürgens Wohnung vorbei.
Vor dem Haus stand sein penibel gepflegter VW Golf. Wie automatisch holte sie ihren Schlüsselbund aus der Tasche und zog mit dem harten Metall eine lange Schramme in das gepflegte Blech.

Das tat gut.

Und auf einmal stand sie vor der Virchowstraße 12, Marios Adresse.
Ein Schwall von Erinnerungen überkam sie.

Seine Zärtlichkeit, ihre stürmischen Nächte, die
Geborgenheit an seiner Seite.

Wie sehr sehnte sie sich nach dieser Geborgenheit
zurück.

Sie hatte doch in Wirklichkeit niemanden mehr,
dem sie etwas wert war.
Sicher, Corinna mochte sie, aber sie war irgendwie
etwas zwischen Chefin und Freundin, so ganz
unbeschwert konnte sie sich ihr nicht anvertrauen.

„Was vergangen ist, ist vergangen. Ich trau Dir zu,
dass Du von nun an ein anderes Leben führst."
Corinnas Worte kamen für einen Augenblick zurück
zu ihr.
Sie hatte gut reden, mit ihrer festen Stelle als
Sozialarbeiterin.
Ohne finanzielle Mittel war der Spielraum recht
begrenzt, ein anderes Leben zu führen, dachte
Maria verbittert.
Sehnsuchtsvoll schaute sie zu dem beleuchteten
Fenster hoch, hinter dem sich die Wohnung von
Mario und seinem Freund befand.
Es ging so viel Wärme von diesem Licht aus, so eine
Verheißung von Glück.
Warum nur konnte sie nicht einfach in ihr altes
Leben zurückkehren, ihr Leben mit Mario vor ihrer
Trennung?

Alles, was danach geschehen war, schien ihr plötzlich unwichtig zu sein, auf einmal zählte nur noch die vergangene Zeit mit ihm.

Sie wollte sie wiederhaben, diese Zeit.
Das leichte Quietschen der Haustür riss sie aus ihren Gedanken. Eine Frau, mit Mülltüten beladen, machte sich auf den Weg zu den Abfalltonnen.

Ohne groß nachzudenken schlüpfte sie in das Haus, stellte sich unter die Kellertreppe, ohne genau zu wissen, warum.
Seine Stimme erklang im oberen Treppenhaus. Er unterhielt sich mit einem anderen Mann. Dann hörte sie, wie er die Stufen hinunter lief.

Ihr direkt in die Arme.

Sie sah die Panik in seinen Augen, fühlte, dass er weglaufen wollte.
Sie hielt ihn fest.
Sie wollte seine Nähe spüren, er sollte sie in den Arm nehmen, trösten, beruhigen.

Aber er schrie wie wild und kämpfte gegen sie an. Irgendwann schaffte er es, sich mit einem Arm von ihr loszureißen.

Und plötzlich war da dieser stechende Schmerz in ihrem Bauch, der alles andere überdeckte.
Ihr wurde schwindelig und sie stürzte zu Boden.

Auf einmal wurde alles so leicht.

Sie war eingetaucht in ein helles, strahlendes Licht, das alles andere auslöschte.
Es gab keine Vergangenheit mehr, keine Gegenwart, keine Zukunft.
Alle Gefühle lösten sich friedlich in einem großen Ganzen auf.
Sie war eins mit sich selbst.

Endlich.

**

Vor Gericht musste sich Mario Günther wegen der Messerattacke auf seine Ex-Freundin wegen Totschlags verantworten.

Er wurde wegen Notwehr freigesprochen.

Alle Veröffentlichungen unter:
www.gudrunheller.wix.com/autorin